JN260452

詩集 未完成な私だから

上田 裕子
Ueda Yuko

文芸社

未完成な私だから

もくじ

未完成な私だから

幸せになろ

強がっちゃいけない
我慢しちゃいけない
たとえ傲慢だと言われても
信じればいい
自分を心から心配し
大切に思ってくれている人達がいると
信じればいい
そしたら
思いっきり泣けるから
きっと
すっきりするはずだから

そしたら
大好きな人達に
心からの笑顔を見せよう
きっと向こうも喜んでくれるから
まずは自分を幸せにしてやろうよ

虚像

相手の事なんて見えてないのに
仲の良いふりして笑いあう
一緒に休憩時間はおしゃべりして
一緒に放課後は楽しんで
なのに
結局は相手の事なんて知らない
見えてないんだ
馬鹿みたい
何も私のことなんて知らないのに
私がどれだけ嫌な奴なのかも
知らないくせに

ごめんね
それは私がいつも仮面を付けているから
笑ってないのに
笑ってるふりをしているから
ごめんね
ずっと皆の事を騙して生きている

未来へ

大きな自然を目の前にして
世界の大きさを知る
自分がいかに小さいかを知る
それと同時に心が踊る
これからを期待したくなる
この大きな自然がすくすくと育つように
私も育ちたいと
これからの
私の歩む道が
光に届くように
雨が降ったら

それに堪えられるだけの力をつけよう
嵐が来ても
傷ついたところを補う勇気をもとう
馬鹿みたいなことだけど
私は
この自然に
こんなにも心が踊ってしまうのだ

なんかね

なんかね
わからんのよ
わからんからわからんの
自分のことやのに
何度考えてみても
わからんの
ばかみたいやね
自分でも思うけど
そうなんですよ
好きとか嫌いとか
関係なくて

ただ傍にいたい
いつも見ていたい
笑っていたい

大丈夫

たくさん悩んだ
たくさん泣いた
それでも笑える勇気をもとう
それでも生きる勇気をもとう
人は一人のようで
一人じゃないから
だから
一人であることを恐れなくていい
いつでも笑顔を忘れないで
いつでも自分を忘れないで
あなたも私も生きていくから

今を
そしてこれからを
暗闇の中にある
一つの光を見つけるために
いつか自分に笑顔を送れるように

人の死

人は死んではならない
誰が決めたんだろう
誰が決められるのだろう
その人の人生を
他人の私達が
どうして決められるのだろう
死を望むなら死ねばいい
死にたいという
その人の望みを
奪うことは誰にもできない
でもね

愛してるから言わせてほしい
あなたがいない世界で
私はどうやって生きればいいのかと
この言葉で
あなたを責めているかもしれない
でもね
そうじゃない　そうじゃないんだ

やみ

何をなくしたんだろう
何を失ったんだろう
何かをなくしたはずなのに
何かを失ったはずなのに
それがわからない
それがわからないから
どんどん俺は落ちていく
底が見えなくなった
真っ暗な中へ
日なんて射し込まない
この暗闇の中で

俺は何を見つけられる
俺はどうやって生きていく
何もなくて
何かに溺れていく
それなのに強がって
あなたにだけは
こんな俺を見られたくはない

くさり

囲まれた檻の中で生きている私達は
息苦しくて
時々倒れてしまいそうになる
そのことに気づくまでは
自由であった事も
気づいてしまっては何もならない
何もできなくなってしまう
大空へ羽撃《はばた》く事も
遠い国を夢見る事も
何もできなくなってしまう
ここまで制限が入ってしまうものなのかと

悲しくなる
辛くなる
自覚するまでは夢を見れたのに
馬鹿みたいな自分
ただ知ってしまった
ただそれだけの事で
何もできなくなってしまった

大好き

私はあなたが好きでした
思うように生きたいと
卒業アルバムに書いていた
私があなたを好きになった理由が
わかったように思います
すべて
みんなにあわせようと
必死になっている私だから
目で追ってしまったのかもしれません
自分を持っているあなたに
憧れ

そして
強く惹《ひ》かれたんだと思います
あなたは知らないだろうけど
それでも
私はあなたを好きでした

なんでだろ

世の中は嘘ばかりで
その嘘の中を生きていて
何も信じるつもりはないと
何も信じてないと
思っていたのに
こんなに
ショックを受けている自分がいる
裏切られた事に対して
こんなにも
自分を消し去る自分がいる
馬鹿みたい

情けない
なんで
こんなに信じてしまっているんだろう
なんで
こんなに裏切られた事に対して
涙が出るんだろう
どうして……

わたし

私は嫌な奴です
ずるい考えもするし
自分の幸せばかり考えています
私は嫌な奴です
でもこれが私です
私は私をわかってはいないけど
それだけはわかっています
だから
自分を治せます
自分を好きになれるように
努力することができます

自分のすべてを
否定するような自分にはなりたくないから
だから
今の私をすべて受けとめたい
私しか知らない自分

結　末

あなたがいなくなりました
私のせいと思うのは
傲慢でしょうか
思い上がっているだけでしょうか
どちらにしても
今頃になって気づくのです
あなたがいなくなってできた
大きな穴は
誰にも
塞ぐことができないと
今頃になって気づくのです

あなたにどれだけ依存していたのかと
馬鹿みたいに気づくのです
あまりにも
遅すぎた
馬鹿みたいな自分に

当たり前のこと

目には見えない速さで
時間は過ぎていき
私の細胞も変化する
私の知らないところで
誰かは死に
誰かは生を受ける
私が知らないところで
たくさんのことが起きていて
でも
それは作り話じゃない
それは

私が存在する場所で起きている
存在する世界のどこかで
誰かは死に
誰かは生を受けている
不思議なようで
とても当たり前のこと

いい人

人間にはいい人っているのかな
いるんじゃない
だって
みんないい人だから
いろいろ悩むんでしょ
悪い奴なら
悩んだりしないでしょ
簡単に人を騙すじゃない
そんなこと
簡単にできないでしょ
だから

人間はみんな綺麗
この強さが
人間独特のものであるように
そして
失われてしまわないように

うん

人を怨《うら》んじゃいけない
人はみんな弱い生きもので
独りで生きていけないから
だから
自分に注目してほしくて
わざと変な事をすることもある
馬鹿だよね
でもね
それが羨ましく感じる時もある
素直な気持ち
それを体で表現できている彼らが

郵便はがき

恐縮ですが
切手を貼っ
てお出しく
ださい

1600022

東京都新宿区
新宿 1－10－1
(株) 文芸社
ご愛読者カード係行

書　名				
お買上 書店名	都道 府県　　市区 郡　　書店			
ふりがな お名前			大正 昭和 平成　年生　歳	
ふりがな ご住所	□□□-□□□□			性別 男・女
お電話 番　号	(書籍ご注文の際に必要です)	ご職業		
お買い求めの動機 1. 書店店頭で見て　2. 小社の目録を見て　3. 人にすすめられて 4. 新聞広告、雑誌記事、書評を見て（新聞、雑誌名　　）				
上の質問に 1. と答えられた方の直接的な動機 1. タイトル　2. 著者　3. 目次　4. カバーデザイン　5. 帯　6. その他（　　）				
ご購読新聞　　新聞		ご購読雑誌		

文芸社の本をお買い求めいただき誠にありがとうございます。
この愛読者カードは今後の小社出版の企画およびイベント等の資料として役立たせていただきます。

本書についてのご意見、ご感想をお聞かせください。 ① 内容について
② カバー、タイトルについて
今後、とりあげてほしいテーマを掲げてください。
最近読んでおもしろかった本と、その理由をお聞かせください。
ご自分の研究成果やお考えを出版してみたいというお気持ちはありますか。 ある　　ない　　内容・テーマ（　　　　　　　　）
「ある」場合、小社から出版のご案内を希望されますか。 する　　しない

ご協力ありがとうございました。

〈ブックサービスのご案内〉

小社書籍の直接販売を料金着払いの宅急便サービスにて承っております。ご購入希望がございましたら下の欄に書名と冊数をお書きの上ご返送ください。　（送料１回210円）

ご注文書名	冊数	ご注文書名	冊数
	冊		冊
	冊		冊

何もできずに
心の中でためていく私より
ずいぶんと偉い気がするから
そして
かなりかっこよく見えるから

心開いて

えらかったね
でも馬鹿だよね
つらかったんでしょ
なのに
誰にも何も言わずに
誰にも弱音を見せずに
笑ってたんだね
一生懸命笑ってたんだね
でも笑う事がえらい事じゃないと思う
ニコッてする事がえらい事じゃないんだよ
私はね

泣いてくれてる
今の方が嬉しいよ
泣ける時には泣きなよ
てか泣いてほしい
あなたが強い事はわかったから
今度は泣ける強さをもとう

彼が見たもの

何かをやろうとした
答えもないままに
走ろうとした
ゴールも見えないままに
でも
きっと
彼には見えていたんだろう
この先にあるすべてが
だから
彼は逃げた
この先に見える

何かを恐れて
何があるのだろう
彼が見た世界に
いつか私はそれを見れるのだろうか
彼が見た世界を
彼が見た……

ね

痛いね
つらいね
つらかったね
それでも
その人を嫌いになれなくて
その人を大切に思ってて
だから
傷つくね
君の身体に
痣《あざ》が増える

あの日

泣きたかったのか
笑いたかったのか
あの時の
あなたの曖昧な表情が
自分の中から
消える事はない

責任

真っ暗な中で
俺は生きるという責任を果たす
何もないこの世界で
ただ未来をみて
ただ生き続ける
自分に
もはや
夢見るものがなくなっているという
現実を知りながら

理　由

今を生きる理由をください
私には何もなくなって
私はゴミになりました
私は生きてていいのでしょうか
私に
生きる理由をください

強くなる

私たちは
生きている限り
強くなる
幾度となく
踏み躙《にじ》られるけど
死なない限り強くなる
私たちは
不幸じゃない
私たちは
絶望の中でも
生きる事を許されてるんだ

とらわれないで

私達は
夢というものにとらわれちゃいけない
自由というものにとらわれちゃいけない
とらわれないで
摑み取ってほしい
しっかりと今を見つめて

わかって

髪の色をかえた
なんか変な感じ
自分じゃなくなったみたい
でも良い気分
私が出せた気分
あってるかあってないか
どうでもいいや
これが私だよ
髪の色だって染めるし
ピアスだってつけたいよ
そんな良い子じゃないよ

私は
いろんな事考えてるし
授業だってだるいと思うこともある
全然良い奴じゃないんだ
わかって
本当の私を知っててね

強くなりたい

恐かった
恐かったんだ
何もなかったから
私には何もなくて
何もいらないと言い聞かせてたから
強がってたんだ
本当に恐かったから
自分を知られて
友達をやめられることが
でも
馬鹿な自分に気付いたよ

友達のふりしてるだけの自分に
友達ができるわけないよね
ほんと馬鹿だった
いつか
こんな私にも
友達ができるように
強くなりたい

見えない法則

どうして好きになっちゃいけないの
どうして好きだと言えないの
どうして許されないんだろう
わからないよ
私達は
いつのまにか
知らない法則に縛られていて
周りの目を気にして
生きている
法則なんて
どこにもないのに

生きるためには
見えない法則を
守るしかない
そんな弱い自分から
抜け出すよ
抜け出さなきゃ
私は生きていけないから

ありがとう

ありがとう
私を知ってくれてありがとう
私をみてくれてありがとう
たくさんたくさん
言いたい言葉
ありがとう
私が生きる上で
なくてはならない言葉
私は
一人じゃないから言える
そんな言葉

この言葉は私にとって
私が一人じゃないと
教えてくれる言葉
この言葉が言える私は
恵まれてるなぁ
なんて嬉しくなる言葉
ありがとう

生きるよ

人生
一度きりだね
もし
生まれ変わる事があったとしても
今の記憶があるのは
今の私だけだから
この瞬間瞬間の
喜びや
悲しみや
全部
今の私しか

味わえないものだから
私は
生きるよ
大切な人たちとともに
損はしたくないから
おもっきり
生きるね

理由なんて

いろんな人達が
どうして生きるのか考えてる
でも
みんな理由さがしながらでも
必死に生きてる
理由わかんなくても
笑って生きてる
それって
すごいことで当然のこと
私達が生きるのに理由がいるの？
そんなの必要ない

あるとしたら
自分の気持ち
本当に死にたいなら
誰にも止められない

嬉しかったよ

何も知らないくせに
わかったふりをしないでほしい
生きる事のたいへんさだって
一人一人違うのに
何でわかるのさ
何にもわかんないくせに
でも
嬉しかったよ
わかろうとしてくれたこと

奇跡

たくさんの人がいて
たくさんの考えがある

ぱっと見ただけでは
何もわからないような
たくさんのもの
たくさんの感情
その中の一つでもわかる事ができたら
すごいよね
すごい奇跡

ごめんね

泣かないんだね
辛くて辛くて
泣きたいはずなのに
泣かないんだね
泣けないんだね
悔しいよ
何もできない自分が
いくら傍にいても
役に立てない自分が

選択肢

何をしたらいいのか
選択肢はいろいろあるけど
どれを選べばいいのかわからなくて
泣いたって仕方ないし
選べずにいる
壊したくない
失いたくない
誰にもわからない
私達の法則

どうして

何もかもが揃っていて
欲しいものがあっても
大体は手に入る
全てを手に入れて
生きる意味を失った
生きる喜びを忘れてしまう
ばかだなぁ
こんなに笑っていられるのに
どうして
そんな顔をする
どうして

生きているかを考える

嘘の世界

信じることって難しい
目を見たらわかるって
そんなのわかんない
そんな高度な技術もってないから
脈拍で何がわかるって
何もわかんないじゃん
何も信じられないよ
今見ているものってなんだろう
家族
友達
真実

どれも違う
偽善
これが真実
こんなふうにしか考えられない自分
悲しいよ
悔しいね

赤信号

人が己を傷つけるのはどうしてだと思う
私はこう思うんだ
安心するため
自分を確認するため
いくら死にたくても
死ぬ勇気がなくて
自分にとって大切なモノがあると
信じたくて
でも信じられなくて
逃げるため
あとね

誰かにこの苦しみに気づいてほしいから
どこかで助けてって願ってるんだ
それは
小さな小さな
赤信号
でも気づいてくれる事を待ってるんだ

じゅーぶん

生きる事って息してるだけでいい
それだけで生きている
以前はこんなふうに思えなかった
何も目標をもたずに
何もやらずにいるのは
死んでいるのと同じだと思ってた
けど
それは違うのだ
そう思えたのは
私が健康で
何でも自分の意志次第でできたから

だから言えた言葉
すごい傲慢でもある言葉
息をしているだけでじゅーぶん幸せで
じゅーぶん生きている
泣く事も笑う事も怒る事もできる
何かしたいと考える事もできる
生きる事ってすごい事だと思う

著者プロフィール
上田 裕子（うえだ ゆうこ）
1983年（昭和58）兵庫県に生まれる。
現在、立命館大学在学。

詩集　未完成な私だから

2003年2月15日　初版第1刷発行

著　者　上田 裕子
発行者　瓜谷 綱延
発行所　株式会社文芸社
〒160-0022 東京都新宿区新宿1－10－1
電話　03-5369-3060（編集）
03-5369-2299（販売）
振替　00190-8-728265

印刷所　神谷印刷株式会社

© Yuko Ueda 2003 Printed in Japan
乱丁・落丁本はお取り替えいたします。
ISBN4-8355-5116-8 C0092